Operación rescate

Operación rescate

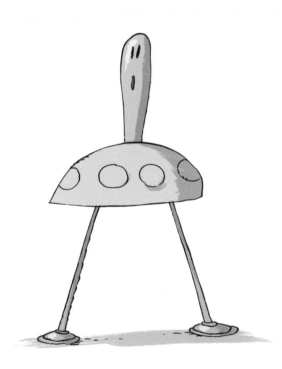

♪* Beascoa

Capítulo 1
UNA LARGA ESPERA

Todo el mundo se daba cuenta de que Ulises y Lía estaban fatal. Se los veía muy inquietos. Pero nadie sabía por qué. Y sus compañeros de clase, aún menos.

En realidad, Ulises y Lía llevaban dos semanas obsesionados con una sola idea: regresar a Eternia lo antes posible para salvar a Roxlo.

Pese a las quejas de Ulises, Lía llegó a la clase de Aventura Total dispuesta a exigirle al profesor Hache que pusiera la nave en marcha inmediatamente. Pero les esperaba una sorpresa.

La respuesta a la pregunta del profesor Hache estaba muy clara, pero Lía tenía que hacerle muchas otras preguntas y la primera que soltó no era fácil de responder.

El profesor le dijo a Lía que no había nadie en el universo que quisiera salvar a Roxlo más que él, pero que era necesario que *Serendip* estuviera preparada para volar sin el robot.

Y, claro, pasó lo que tenía que pasar, porque Ulises no pudo impedir que Lía, como de costumbre, hiciera lo que le diera la gana.

Capítulo 2
UN VIAJE TENSO

Serendip navegaba a toda velocidad. Aunque el profesor se había encargado de crear un sistema de pilotaje automático que funcionaba a la perfección, Ulises y Lía echaron de menos la compañía de Roxlo.

Aprovechando que *Serendip* volaba con el piloto automático, Ulises y Lía pasaron un buen rato leyendo el libro que les había entregado el profesor Hache la última vez que regresaron de Eternia. A Ulises le llamaron la atención unas fotos.

El rey, la princesa Runa y Falstaf, el tecnólogo.

Falstaf con uno de los antiguos robots de la corte.

Cuando ya se acercaban a Eternia, dejaron de leer. Ulises guardó el libro y Lía se situó ante los mandos de la nave. Había llegado el momento de improvisar y eso hizo que Ulises estuviera al borde de sufrir un ataque de pánico.

Llegó la hora de la verdad. Lía apagó el piloto automático y tomó los mandos. Y Ulises… Ulises hizo lo que pudo.

Guiada por Lía, *Serendip* pasó a gran velocidad entre las naves de los clones y se dirigió al bosque dorado. Una vez allí, fue rebotando en las copas de los árboles hasta que, de una manera un poco bruta, se posó en el suelo. Bueno, eso de «posarse» es un decir.

A Urbe le faltó tiempo para contar a sus amigos todo lo que sabía acerca del paradero de Roxlo. Cuando los clones se lo llevaron, ella estaba allí y se enteró de todo.

Lía ya tenía toda la información que necesitaba y tomó una decisión en milésimas de segundo sin consultarlo con Ulises.

Pero Lía no comprendía muy bien el concepto «imposible» y, un poco más tarde, Ulises, Urbe y Lía, montados en el caucas, emprendieron el viaje hacia la montaña del Armario, el primer objetivo del largo camino que les esperaba hasta la fortaleza.

Capítulo 3
DE VIAJE

Aunque ya conocían la fauna y la flora de Eternia, era difícil no sorprenderse todo el rato. Y lo que más les fascinó fueron unos extraños huevos cuadrados que encontraron en el camino.

Al fin llegaron a lo alto de la montaña del Armario y allí se despidieron del caucas, porque Urbe dijo que el animal no iba a poder continuar el camino.

Urbe llevó a Ulises y Lía hasta un gran armario situado en la cima de la montaña, lo abrió y empezó a sacar unos extraños tubos y unas telas.

Pese al ataque de pánico de Ulises, el alalibre afortunadamente funcionó a la perfección. No solo se aguantaba en el aire, sino que les permitió cubrir una gran distancia en muy poco tiempo.

Recorrieron montañas, praderas y lagos hasta llegar a un océano. Todo parecía perfecto, pero de repente apareció un brutaco, y esta vez no era un polluelo. Por suerte vieron un pequeño islote y se apresuraron a ir hacia allí.

Capítulo 4
NAVEGANDO

El aterrizaje fue un poco loco, pero se libraron del brutaco. Además, Lía y Ulises ya empezaban a estar acostumbrados a los aterrizajes de emergencia.

En muy poco tiempo, Ulises, Lía y Urbe consiguieron construir una pequeña embarcación que, aunque no era gran cosa, como mínimo flotaba.

Y AHORA ¿QUÉ? ¿HACIA DÓNDE VAMOS?

AHORA TENEMOS QUE NAVEGAR HACIA LA FORTALEZA DE RUNA.

¡OH, UN PULPITO AZUL!

Empezaron a navegar, pero resultó que el pulpito azul que Ulises había creído ver en realidad era un gigantesco heptopus, un bicho con muy malas pulgas y con un hambre voraz.

Lo que había visto Lía era un petuco, un amable bicho que tenía la buena costumbre de ayudar a los marineros y náufragos que encontraba. Solo tenía un problema, un problema pestilente.

Y, de repente, a lo lejos, la vieron ante ellos: era la fortaleza de la reina Runa, un imponente castillo construido en medio del mar. Un lugar escalofriante.

No tardaron en encontrar la entrada de una de las alcantarillas de la fortaleza y, pese a que desprendía un olor hediondo, entraron por ella.

Caminar por la alcantarilla no era fácil, porque había que evitar pisar las babosas, unos animales muy tranquilos, pero que se enfadaban tremendamente cuando los pisaban.

Aunque los trajes de clon estaban rotos, viejos y sucios, Lía, Urbe y Ulises decidieron ponérselos.

Capítulo 5
EN LA FORTALEZA

Una vez dentro de la fortaleza, ya solo les quedaba encontrar a Roxlo antes de que los descubrieran.

Ulises, Urbe y Lía buscaron a Roxlo infructuosamente durante horas. Y, como no lo encontraban, empezaron a desesperarse.

De repente, cuando ya empezaban a pensar que habrían trasladado a Roxlo a las minas de blastofio, Ulises se asomó por la puerta del laboratorio y encontró a su amigo. O por lo menos eso creyó.

Sí, Roxlo estaba allí, pero cuando vieron cómo estaba se quedaron petrificados. El desastre no podía ser mayor. Era un desastre total.

Cuando Urbe dijo que no podían hacer nada, Ulises y Lía se desesperaron y se negaron a abandonar a Roxlo allí.

Lía se llevó a Roxlo dentro de una caja. Cuando se dirigían a la alcantarilla para salir de la fortaleza, vieron una máquina que les llamó la atención.

Evidentemente, Lía no le hizo ningún caso y al cabo de poco salieron disparados, nunca mejor dicho, de la fortaleza de la reina Runa. Y, aunque habían conseguido entrar y encontrar a Roxlo sin que los descubrieran, al salir se activaron todas las alarmas.

Capítulo 6
FALSTAF

Aunque la máquina que habían robado era rapidísima, no era fácil deshacerse de los clones, que, guiados por Runa, les pisaban los talones.

VAMOS A LA SELVA OSCURA. ¡ALLÍ VIVE FALSTAF!

¿Y QUIÉN ES FALSTAF? ¡ME SUENA MUCHO!

TRABAJÓ PARA EL REY VARIOS AÑOS...

RUNA LO APRESÓ, PERO SE ESCAPÓ DE UNA DE LAS MINAS DE BLASTOFIO.

¡ÉL SABRÁ QUÉ HACER CON ROXLO!

ESE SURTIDOR DEBE DE SER DE UNA BALLENA, ¿NO?

El surtidor que había visto Ulises no era exacta-
mente el de una ballena, pero resultó muy útil
para quitarse de encima a Runa y sus secuaces.

Más tarde, Urbe, Ulises y Lía llegaron a la playa donde empezaba la selva oscura, un lugar inexplorado y probablemente lleno de alimañas.

De todas las alimañas que Urbe, Lía y Ulises podían encontrar, tuvieron la mala suerte de toparse con las peores: Runa y sus clones, que ya habían llegado a la selva oscura con sus naves. Y escapar de ellos en esa selva no sería fácil.

Y cuando todo parecía perdido, en el último momento los salvó Falstaf. Aunque «salvar» en este caso no es el verbo más adecuado.

Capítulo 7
ROXLO

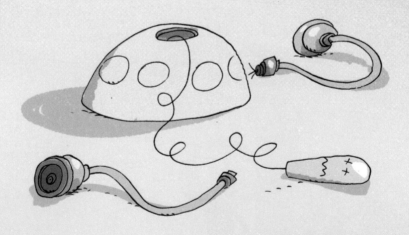

Cuando le contaron quiénes eran y qué querían, Falstaf se mostró encantado de ayudarlos. En efecto, él era el tecnólogo, la persona que se encargaba de la tecnología de todos los inventos que el rey Hache creó para facilitarles la vida a los eternianos.

Falstaf y Urbe, que no sabían que el rey Hache estaba vivo, se quedaron patidifusos. Además de una gran alegría, saber que el rey estaba vivo les dio una gran esperanza.

¿CÓMO? ¿EL REY HACHE ESTÁ VIVO?

PERO ¿POR QUÉ NO ME HABÍAIS DICHO NADA?

SI EL REY ESTÁ VIVO, HAY ESPERANZA.

BUENO, TAMPOCO HACE TANTO QUE LO SABEMOS...

PERO ¿DÓNDE ESTÁ ESA TIERRA?

ESTÁ A MILLONES DE KILÓMETROS, PERO LO TRAEREMOS.

BUENO, ESO ESPERO.

Mientras arreglaba a Roxlo, Falstaf, mucho más animado desde que sabía que el rey Hache estaba vivo, les contó que los eternianos vivían en las minas de blastofio controladas por Fiotto.

Falstaf continuó trabajando en el robot hasta que, de repente, Roxlo empezó a dar señales de vida. Ulises y Lía no se lo podían creer. ¡Su amigo había vuelto!

¿CÓMO SE OS HA OCURRIDO SALVARME? BIP. ¡HA SIDO UNA IRRESPONSABILIDAD!

BUENO, YA NOS CONOCES...

FALSTAF, DEBERÍAS VENIR CON NOSOTROS AL BOSQUE DORADO. NOS SERÁS MUY ÚTIL Y ESTARÁS MÁS SEGURO.

NO PUEDO, URBE, NO PUEDO...

A Ulises, Lía y Urbe les fue imposible convencer a Falstaf para que fuera con ellos al bosque dorado. Por algún extraño motivo, Falstaf no estaba dispuesto a moverse de aquella selva.

ME QUEDARÉ EN LA SELVA OSCURA. RUNA Y FIOTTO ME ODIAN, Y AQUÍ SOY PRÁCTICAMENTE INVISIBLE...

PERO SIEMPRE PODRÉIS CONTAR CONMIGO. Y CUANDO VUELVA EL REY HACHE, OS ASEGURO QUE ESTARÉ A SU LADO.

¡FALSTAF ESTÁ BIEN LOCO! BIP.

AHORA UN BRUTACO OS LLEVARÁ AL BOSQUE DORADO.

¿CÓMO? ¿UN BRUTACO?

Resultó que, como Falstaf tenía tiempo de sobra en la selva oscura, entre otras muchas cosas había conseguido domesticar un gran brutaco. En efecto, era un tipo sorprendente.

Tal como había dicho Falstaf, el brutaco evitó todos los peligros y, para empezar, lo primero que hizo fue pasar como si tal cosa entre las naves de los clones.

Aquel formidable animal voló hasta el bosque dorado sin detenerse. Era una bestia admirable.

Capítulo 8
EL CAMPAMENTO

Cuando el brutaco llegó al bosque dorado provocó un momento de pánico, pero cuando los eternianos vieron a sus amigos, recuperaron la calma.

Ulises y Lía tenían muy claro lo que había dicho Falstaf. No podían arriesgarse a que Roxlo dejara de funcionar. Debían regresar inmediatamente a la Tierra y por eso dejaron las despedidas para otro día.

Mientras tanto, Ulises y Roxlo empezaron a preparar la nave.

Esta vez Runa estaba determinada a capturarlos de verdad. El cielo entero se llenó de naves, y entre ellas colgaban unas enormes redes capturadoras.

Capítulo 9
A POR TODAS

Mientras *Serendip* empezaba el despegue, Roxlo manipuló un montón de botones de la nave. Y como no iba muy sobrado de energía, pidió a Ulises y Lía que lo ayudaran.

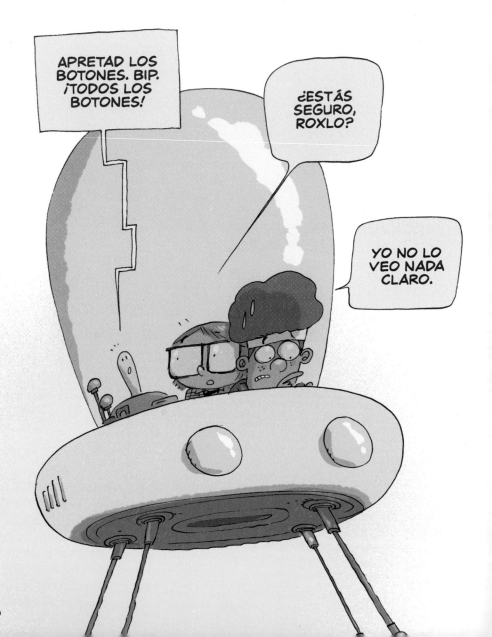

Por un momento Ulises y Lía pensaron que Roxlo no estaba funcionando bien, pero cuando les pidió que confiaran en él, lo hicieron. Aun así, sentir cómo los atrapaba la red de captura fue terrorífico.

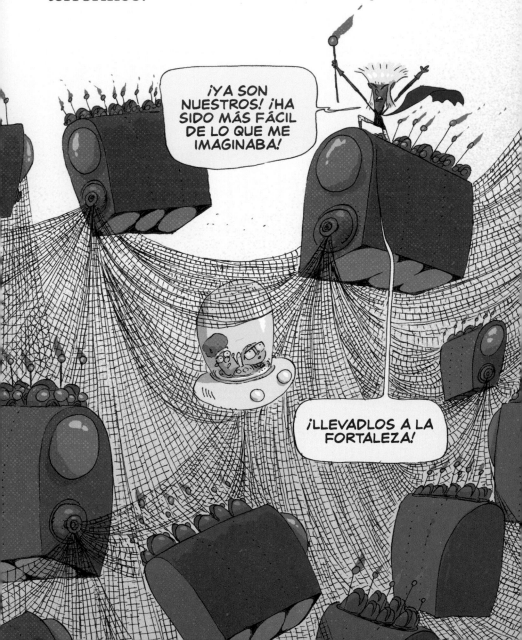

Las naves de los clones fueron lanzando las redes capturadoras una tras otra sobre *Serendip*. Aunque era fácil pensar que ese era el final, ni siquiera Ulises se quejó, porque hizo lo que Roxlo le había pedido: confió en él.

Roxlo apretó un último botón y, de repente, unas grandes cuchillas surgieron de *Serendip* y dejaron las redes capturadoras hechas trizas. Al cabo de un instante, la nave volaba en libertad.

Capítulo 10
UN GRAN EQUIPO

Ya en el espacio, mientras *Serendip* navegaba a toda velocidad hacia la Tierra, Roxlo les dijo algo a Ulises y Lía que los dejó perplejos.

ANTES DE QUE ME DESMONTARAN, RUNA Y FIOTTO ME CLONARON. BIP.

CUANDO REGRESEMOS A ETERNIA ME TEMO QUE VAMOS A ENCONTRAR CIENTOS DE ROXLOS. BIP. QUIZÁ MILES.

¡Y, CLARO, LUCHARÁN CONTRA NOSOTROS!
¡VAYA, ESO COMPLICARÁ LAS COSAS!

Durante el viaje hacia la Tierra, Roxlo les mostró imágenes de sus clones. Estaba claro que Runa no iba a utilizarlos para nada bueno.

Cuando llegaron a la Tierra, Roxlo consiguió aterrizar a la perfección. Lo primero que hizo el profesor Hache fue fundirse en un largo abrazo con su amigo. El profesor se sentía tan feliz que olvidó reñir a Ulises y Lía por haberse llevado precipitadamente a *Serendip*.

El profesor se emocionó cuando le dijeron que habían estado con Falstaf, su antiguo colaborador, y que podían contar con él. Ya habría tiempo para explicarle lo de la clonación de Roxlo. Y, por supuesto, también habría tiempo para regresar a Eternia.

Papel certificado por el Forest Stewardship Council®

MIXTO
Papel procedente de
fuentes responsables
FSC® C117695

Primera edición: septiembre de 2020

© 2020, Penguin Random House Grupo Editorial, S. A. U.
Travessera de Gràcia, 47-49. 08021 Barcelona
© 2020, Jaume Copons, por el texto
© 2020, Òscar Julve, por las ilustraciones
Autor e ilustrador representados por IMC Agencia Literaria.

Printed in Spain – Impreso en España

ISBN: 978-84-488-5508-6
Depósito legal: B-6.430-2020

Compuesto por Magela Ronda
Impreso en Gráficas Estella
Villatuerta (Navarra)

BE 5 5 0 8 A

Penguin
Random House
Grupo Editorial